AF382898

Analyse de l'œuvre

Par Myriam Hassoun et Alice Somssich

Journal du voleur

de Jean Genet

lePetitLittéraire.fr

Rendez-vous sur lepetitlitteraire.fr et découvrez :

Plus de 1200 analyses
Claires et synthétiques
Téléchargeables en 30 secondes
À imprimer chez soi

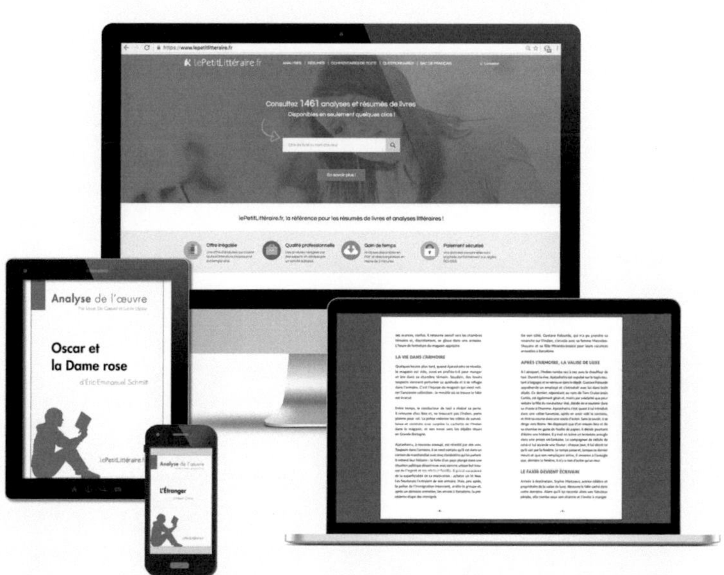

JEAN GENET

ÉCRIVAIN, POÈTE ET DRAMATURGE

- **Né en 1910 à Paris**
- **Décédé en 1986 dans la même ville**
- **Quelques-unes de ses œuvres :**
    - *Notre-Dame-des-Fleurs* (1944), roman
    - *Les Bonnes* (1947 et 1958), pièce de théâtre
    - *Les Paravents* (1961), pièce de théâtre

Abandonné par sa mère, Jean Genet commence dès son adolescence à commettre des vols, en même temps qu'il découvre son homosexualité. Il est envoyé à la colonie pénitentiaire de Mettray (Indre-et-Loire), puis il s'engage dans la Légion étrangère, qu'il déserte pour mener une existence de voleur, de mendiant et de prostitué.

C'est en prison qu'il se tourne vers l'écriture. En 1942, alors qu'il est enfermé à Fresnes (Val-de-Marne), il publie son premier poème, *Le Condamné à mort*. Il fait ensuite paraitre des romans autobiographiques, comme *Miracle de la rose* (1946). Dans les années 1960, il se fait connaitre pour son théâtre : ses pièces *Les Bonnes* et *Les Paravents* rencontrent un grand succès. Il est notamment soutenu par Jean Cocteau (écrivain et cinéaste français, 1889-1963) et Jean-Paul Sartre (philosophe et écrivain français, 1905-1980). En 1983, il reçoit le grand prix national des Lettres. Il meurt le 15 avril 1986 après avoir chuté dans les escaliers.

JOURNAL DU VOLEUR

UNE AUTOBIOGRAPHIE ENTRE MISÈRE ET VIOLENCE

- **Genre :** roman autobiographique
- **Édition de référence :** *Journal du voleur*, Paris, Gallimard, coll. « Folio », 1949, 320 p.
- **1re édition :** 1949
- **Thématiques :** misère, violence, prison, criminalité, solitude, homosexualité

Journal du voleur est une œuvre autobiographique dans laquelle Genet raconte les années de misère et de violence qu'il a vécues après avoir déserté la Légion étrangère. Il a 35 ans lorsqu'il commence la rédaction de son journal, qui se présente plutôt comme une succession de notes, soulignant des fragments de mémoires décrits avec intensité.

Le lecteur passe ainsi du quartier du Barrio Chino à Barcelone (Espagne) aux prisons yougoslaves au gré de la remémoration de Genet et des liens mystérieux qu'il établit entre les évènements.

Le langage utilisé est celui de la poésie, mais le ton est bien celui de l'introspection et, malgré les rencontres et les amours décrites, c'est d'une grande solitude qu'il parle. Genet promettait une suite à ses souvenirs, mais le second tome n'est jamais paru.

RÉSUMÉ

Mêlant dans son récit érotisme, violence et univers carcéral, le narrateur entreprend d'évoquer des fragments de sa vie grâce au carnet qu'il a toujours sur lui. Il contient les noms de toutes les personnes qu'il a rencontrées dans différents endroits du continent européen et qui l'ont marqué.

STILITANO – L'ESPAGNE

Le récit débute en 1932, à Barcelone. Né à Paris en 1910, Jean a été abandonné par sa mère. Élevé par des paysans du Morvan (Bourgogne-Franche-Comté), il s'est retrouvé en maison de redressement, à Mettray. Il s'est engagé dans la Légion – Jean raconte ses vols dans l'armée – pour éviter la prison, puis il a déserté. À Barcelone, il devient l'amant d'un mendiant du nom de Salvador. Tous deux font partie d'un gang du quartier du Barrio Chino : ils volent, mendient et se prostituent. Un soir, alors que Jean vient de voler la pèlerine d'un carabinier, il fait la rencontre de Stilitano, un Serbe manchot qui a lui aussi déserté la Légion. Il l'avait déjà vu auparavant au cours d'un meurtre perpétré par Pépé, un gitan avec qui il est ami. Jean en tombe immédiatement amoureux.

Les deux hommes s'installent ensemble dans un hôtel, mais Stilitano méprise les homosexuels et refuse d'en devenir un. Ils vivent de cambriolages. De son côté, Jean se prostitue pour le Serbe, mais refuse de se travestir. Ils décident de partir à Cadix (Espagne), mais Stilitano abandonne son compagnon dans une gare et Jean finit le voyage seul.

Livré à lui-même, Jean devient un clochard et parcourt toute l'Andalousie seul. Par hasard, il lit un article de journal relatant la trahison de Marc Aubert envers l'armée française. Il est fasciné. À Gibraltar (territoire britannique), il croise Salvador, son ancien amant, qui lui apprend que Stilitano a dénoncé Pépé, et que ce dernier est en prison. Jean récupère l'argent que Pépé a volé.

Il veut se rendre à Tanger (Maroc) pour trahir la France (le Maroc exprime de plus en plus son souhait d'indépendance par rapport à la France à cette époque), mais ne parvient pas à passer la frontière. Quand il apprend que Pépé est envoyé au bagne, il envoie tout son argent à Stilitano en prison.

MICKAËLIS – LA TCHÉCOSLOVAQUIE

À partir de deux photos qu'il a retrouvées – l'une prise à 17 ans, l'autre à 30 ans –, Jean fait deux portraits de lui. Il part pour l'Italie, puis pour l'Europe de l'Est. À Brno, en Tchécoslovaquie, il rejoint une bande de musiciens des rues et tombe amoureux de Mickaëlis Andritch, avec qui il part en Pologne, pour écouler de la fausse monnaie. Ils sont arrêtés. Une fois relâchés, ils veulent retourner en Tchécoslovaquie, mais sont à nouveau incarcérés. Pour tromper l'ennui, Jean commence à écrire en prison. Il n'est plus amoureux de Mickaëlis et décide de retourner à Paris pour s'y établir comme voleur.

ARMAND – LA BELGIQUE

Ne pouvant être extradé en France, Jean passe par la Yougoslavie et va de prison en prison. Il part ensuite en Autriche, puis arrive en Belgique. Là-bas, à Anvers, il revoit Stilitano, devenu trafiquant, et recommence à travailler pour lui. Tombant ensuite sous la coupe d'un homme violent nommé Armand, Jean se prostitue pour celui-ci. Lorsqu'Armand s'absente pour affaires, Jean tombe amoureux d'un forain, Robert, mais celui-ci lui préfère Stilitano : fou de jalousie, Jean songe à les tuer tous les deux.

Pour tromper sa solitude, Jean séduit des hommes et les braque seul. Un jour, le Serbe lui demande de trahir Armand en s'associant avec lui pour lui voler tout son argent. Pour la première fois, il a l'espoir que cet homme l'aime en retour. Mais, une fois Armand revenu, Jean tombe amoureux de lui, désireux d'oublier Stilitano et sa douleur. Pour lui, Armand devient une sorte d'autorité morale. Désormais âgé de 23 ans, il a l'impression de changer, de devenir plus dur, d'être un homme. Pourtant, un jour, sans prévenir quiconque, Jean décide de quitter la Belgique et de retourner en France.

LUCIEN – LA FRANCE

C'est pour Jean l'occasion de faire le récit de fragments épars de sa vie en France. Il entreprend ainsi de conter l'amour qu'il a éprouvé pour un policier, Bernardini, et qui a duré quelques semaines, à Marseille (Provence-Alpes-Côte d'Azur). Il avoue également avoir été l'indicateur du policier. Il raconte sa rencontre avec Guy à la Santé et comment celui-ci a un jour volé des fleurs pour décorer la tombe de l'un de leurs amis. Jean parle également de Java, un homme qu'il a aimé et qui vient de le quitter.

Il évoque son amour présent pour Lucien, qui lui donne l'impression de faire partie du monde commun, maintenant qu'il vit dans un hôtel à Paris et non plus comme un mendiant. Il raconte leur rencontre au Suquet et le sentiment d'amour-haine qu'il éprouve pour lui.

Il décide d'ailleurs de devenir Lucien dans un de ses propres souvenirs, faisant jouer son rôle à son amant dans une scène embarrassante du temps de Barcelone, où des touristes prenaient les mendiants en photos. C'est l'occasion d'un retour sur l'Espagne et ses années de vagabondage, puis d'une fuite vers l'époque de Mettray, où l'on voit Jean s'avilir et apprendre à aimer sa condition.

Revenant, enfin, à l'une des figures l'ayant le plus marqué, il évoque une fête foraine où Stilitano s'est trouvé coincé dans le palais des miroirs, paralysé par son reflet et incapable de retrouver son chemin vers la sortie. C'est sur ce dernier souvenir qu'il clôt le journal.

ÉTUDE DES PERSONNAGES

JEAN, LE NARRATEUR

Le récit débute en 1932, quand Jean a 22 ans, et s'achève en 1940. Pendant ces huit années décisives, le narrateur évolue jusqu'à sa rencontre avec Armand à Anvers.

Bien que Jean parle de solitude et de misère, il ne prend jamais le ton de l'apitoiement. Il livre au lecteur son enfance blessée (« Je ne sais rien de ma mère qui m'abandonna au berceau », p. 22) et raconte avoir vu un jour sa mère dans la figure d'une vieille mendiante. Livré à lui-même dès son plus jeune âge, il n'aura de cesse de chercher une autorité morale qu'il finit par trouver en Armand, qui l'aidera à grandir. Néanmoins, c'est en s'investissant de la personnalité de Stilitano qu'il arrivera à trouver une place convenable dans la société des hommes.

Jean se présente comme un voleur et revendique

ses vols, ses « coups » et la prostitution à laquelle il s'est livré. Il fait le récit détaillé de certains de ses vols à travers l'Europe. Il semble ne rien vouloir cacher au lecteur et se montre transparent, tout en plaçant chaque fois dans ses motivations un aspect poétique qui empêche de ne le considérer que comme un simple malfaiteur : « Vers ce qu'on nomme le mal, par amour j'ai poursuivi une aventure qui me conduisit en prison. » (p. 9)

Poétiquement, avec pudeur, mais parfois aussi crument, le narrateur revendique également son attrait pour les hommes : il célèbre la beauté de ses amants et n'hésite pas à raconter leurs corps à corps (« [...] j'ai mordu Lucien jusqu'au sang. J'espérais le faire hurler, son insensibilité m'a vaincu ; mais je sais que j'irais jusqu'à déchiqueter la chair de mon ami », p. 162).

S'il est mendiant, paria, voleur ou encore prisonnier, Jean est surtout un poète. Chaque épisode qu'il raconte est pour lui l'occasion d'une expérience poétique et esthétique intense : « Je n'étais plus à côté de Robert ni même de Stilitano, je me dispersais à tous les points du monde et j'enregistrais cent détails qui éclataient en étoiles légères. » (p. 156) Il décrit aussi comment, en volant des livres et en découvrant leur valeur marchande, il s'est mis à s'intéresser à la littérature et à écrire.

STILITANO, LE SERBE MANCHOT

Jean et Stilitano se rencontrent à Barcelone. L'amour que le narrateur porte à cet homme est comme le fil rouge du journal, puisque d'attachement en détachement, c'est cette drôle de relation qui fait se mouvoir le jeune Jean.

Stilitano, physiquement imposant, est un ancien légionnaire déserteur, ainsi qu'un ancien Waffen-SS (branche militaire de la SS, organisation paramilitaire et policière nazie fondée en 1925). On sait de lui qu'il méprise les homosexuels, qu'il est un peu lâche et que c'est un traitre. Malgré tout, l'adoration que lui porte Jean est immense. Pour gagner sa vie, Stilitano se fait maquereau. C'est aussi un trafiquant d'opium, un joueur invétéré et un voleur dès que l'occasion se présente.

Jean s'étend pourtant sur une certaine forme de bonté qu'il arrive à percevoir chez ce personnage. Une étrange scène, à la fin du journal, dépeint le puissant Serbe désemparé et pleurant dans le palais des miroirs d'une fête foraine, sous la risée des curieux : il reste ainsi pour le lecteur un personnage contrasté, à la fois amoureux de Jean et méprisant, sûr de lui et fragile.

ARMAND, L'AUTORITÉ MORALE

La rencontre avec Armand à Anvers est décisive pour le jeune Jean. Armand, plus vieux que Jean, vit du trafic d'opium. C'est sa brutalité qui marque le plus dans le portrait qu'en fait le narrateur : « Le visage d'Armand était faux, sournois, méchant, fourbe, brutal. » (p. 148) Armand a tout pour dominer et subjuguer le jeune Jean, ce qu'il ne s'abstient pas de faire puisqu'il le force à se prostituer pour lui.

On peut distinguer deux moments dans leur relation : le premier, violent et malheureux, avant qu'Armand ne parte en voyage ; le second, à son retour, lorsque Jean tombe amoureux de lui et lui confère un rôle d'autorité morale. L'impression que laissent les paroles d'Armand sur la jeunesse du narrateur est forte : « Je ne savais pas qu'aussitôt cette réplique d'Armand amènerait en morale une des révolutions les plus hardies. »

(p. 212) Ce que dit Armand, c'est que tous les moyens sont bons pour s'en sortir. Il n'y a pas de lâcheté à s'attaquer aux vieux ou aux faibles, le but étant d'avoir de l'argent pour vivre : « Le beau boulot c'est de réussir. Quand t'auras compris que c'est pas dans la chevalerie qu'on travaille t'auras compris beaucoup. » (*ibid.*)

SALVADOR, LUCIEN, GUY ET JAVA : LES HOMMES DE LA VIE DE JEAN

Ils semblent représenter chacun un aspect ou un moment de la vie de Jean.

Salvador

Salvador est l'amant de Jean et son compagnon d'infortune à Barcelone, dans le quartier du Barrio Chino. Avec Jean, il vole et mendie. Il représente la vie espagnole de Jean, faite de mendicité, de saleté et de lâcheté.

Lucien

Lucien incarne le présent du narrateur : il est son amant durant l'écriture de ce journal. Jean l'a rencontré au Suquet, dans le Sud de la France.

Pour le narrateur, il représente son seul lien avec la société. Il l'aime, mais ne supporte pas le fait qu'il fasse de lui un homme « normal », c'est-à-dire presque embourgeoisé dans une vie de couple agréable.

Guy

Guy est le lien de Jean avec la vie carcérale. Le narrateur l'a rencontré à la prison de la Santé. Guy n'est pas un traitre, encore moins un dénonciateur. Le narrateur n'a pas la même conception que lui de leur « métier » : « La vie de voleur, Guy ne la voit que magnifique, éclatante, écarlate et d'or. Elle est pour moi sombre et souterraine, hasardeuse et périlleuse. » (p. 258)

Java

Java est l'homme idéal de Jean. Maintes fois évoqué, Java plane sans cesse dans les propos du narrateur, mais apparait très peu dans les péripéties qu'il narre. On apprend que Java vient de quitter Jean. Il représente ce que Jean cherche sans cesse et par tous les moyens, la beauté dans la honte et l'humiliation : « Il ennoblit la honte. » (p. 125)

CLÉS DE LECTURE

LE RÉCIT INITIATIQUE D'UN JEUNE HOMME SOLITAIRE

Le récit initiatique est un style d'histoire qui présente l'évolution d'un personnage (qu'elle soit positive ou négative) à travers une série d'aventures. L'un des exemples les plus marquants de la littérature est *Lazarillo de Tormes* (vers 1554 d'un auteur anonyme). Dans ce roman, le personnage principal – Lazarillo – est un jeune homme qui passe par différents foyers, chez différents maitres (qui seront plus ignobles les uns que les autres) et qui définiront la personne qu'il deviendra par la suite. Il se construit à travers les personnages qu'il côtoie, ainsi que les aventures qu'il vit.

De même, dans le *Journal du voleur*, en décrivant les épreuves qu'il a connues, Jean s'attache à retracer une forme de quête qu'il a menée étant plus jeune et qui l'a conduit à être ce qu'il est au moment où il rédige son journal.

C'est lorsqu'il revient sur les souvenirs de sa vie en Espagne que Jean rend compte de la difficulté de ce qu'il a vécu. Son périple en Andalousie pendant l'été 1934 est l'occasion de décrire une misère sombre et solitaire.

Au moment où il écrit, l'auteur est à l'abri de cette misère, mais il semble ne pas pouvoir se débarrasser de cette partie de sa vie qui lui colle à la peau : « De nauséabondes bouffées de mon Espagne remontent à mes narines. » (p. 180)

Tout au long du journal, on distingue, sous la plume de Genet, une séparation définitive entre son « je » et le « vous ». Le narrateur est seul parce qu'il renvoie à tout ce que la société réprouve. Cette solitude est tellement forte qu'elle en devient vivante, presque incarnée : « La solitude (dont l'image pourrait être une sorte de brouillard ou de vapeur qui sort de moi). » (p. 263)

Il n'arrive à intégrer aucune communauté et, même chez les voleurs, il reste une exception, échouant, à l'inverse de Guy, à en posséder les codes. De quelque groupe que ce soit, Jean est définitivement exilé : « Exclu par ma naissance et par mes goûts d'un ordre social, je n'en distinguais pas la diversité. J'en admirais la parfaite cohérence qui me refusait. » (p. 205)

Mais Jean ne s'arrête pas à cette constatation et c'est en cela que son journal et sa vie sont plus qu'une somme d'aventures misérables, une véritable œuvre. Le narrateur décide de renverser cette mise à l'écart et apprend à aimer tout ce qu'il est, à embrasser ce que la société rejette : « Abandonné par ma famille, il me semblait déjà naturel d'aggraver cela par l'amour des garçons et cet amour par le vol, et le vol par le crime ou la complaisance au crime. » (p. 97)

En Andalousie, fasciné par Marc Aubert et sa trahison de l'armée française, il veut partir à Tanger pour, lui aussi, trahir sa patrie. Il vénère les grands noms de la collaboration et est animé d'un désir de trahison qu'il lie à l'érotisme, mais surtout à la liberté : « Plus ma culpabilité serait grande, à vos yeux, entière, totalement assumée, plus grande sera ma liberté. Plus parfaite ma solitude et mon unicité. » (p. 94)

La solitude du narrateur est donc un aspect important de son journal : *Journal du voleur* peut se lire comme la narration d'un destin singulier et conscient de sa propre singularité au point de la revendiquer.

ÉCRIRE SUR SOI-MÊME : LE TRAVAIL POÉTIQUE DE LA MÉMOIRE

Le genre autobiographique

Philippe Lejeune (essayiste français, né en 1938) définit l'autobiographie comme « un récit rétrospectif en prose qu'une personne réelle fait de sa propre existence, lorsqu'elle met l'accent sur sa vie individuelle, en particulier sur l'histoire de sa personnalité » (LEJEUNE P., *Le pacte autobiographique*, « Points Essais », Seuil, 1996, p. 14). Ce genre se différencie du journal intime à travers sa temporalité.

alors que le journal intime vise à retracer différentes étapes d'une vie au moment où elles sont arrivées, l'autobiographe présente une vision rétrospective de sa propre vie : il écrit à postériori, ce qui aura une certaine influence sur son écriture.

En effet, dans l'écriture autobiographique, l'auteur prend du recul face à sa propre vie, émet des jugements face à ce qu'il a vécu, à ce qu'il aurait pu changer dans ses actions.

Selon Philippe Lejeune, l'autobiographie amène donc à une sorte de pacte entre l'auteur et son lecteur. D'un côté, l'auteur garantit la véracité de ce qu'il raconte, une sincérité qui peut aller jusqu'au dénigrement de soi-même ; de l'autre, le lecteur accepte de croire l'auteur dans son explication, bien que cette dernière se revendique comme subjective. L'autobiographie présente donc un jeu de temporalité entre un « moi présent » qui juge un « moi passé », sous l'œil averti et convaincu du public.

Le genre autobiographique n'est toutefois reconnu comme genre littéraire qu'à partir du XIXe siècle (alors que la pratique d'écriture est déjà présente dès l'Antiquité), à cause de la difficulté à catégoriser ce genre : parle-t-on de fiction, d'histoire ou d'un mélange des deux ? Si la subjectivité est parfois inconsciente (l'auteur étant, malgré lui, un miroir de sa catégorie sociale, du contexte de son époque, etc.), elle peut aussi être consciente. En effet, de nombreuses raisons peuvent amener un écrivain à mettre

entre parenthèses certains épisodes de sa vie :
les problèmes de mémoire, une certaine pudeur
(pour ce qui relève de l'intime par exemple) ou
simplement une volonté de cacher certains élé-
ments qui pourraient entacher sa postérité.

L'autobiographie propre à Genet

Dans *Journal du voleur*, auteur et narrateur se
confondent, c'est un « je » qui se raconte. Mais ce
« je » apparait multiple et semble se fragmenter
en plusieurs images, au gré des péripéties.

Ainsi, Genet, qui raconte sa quête du moi, se
montre parfois perdu dans l'identité de Stilitano
(« À peine, le soir, un homme se retournait-il sur
mon passage, Stilitano subtilement s'introdui-
sait en moi », p. 205). Dans les personnages qu'il
décrit, c'est lui encore qu'il voit : Lucien devient
même une sorte de double à qui il fait jouer son
propre rôle dans une scène qu'il a vécue. Mais
dans ce jeu de rôle, c'est toujours Jean qui se
raconte lui-même.

De plus, il y a le « je » du moment de l'écriture et
le « je » du moment des péripéties. Le Jean plus
âgé regarde le Jean plus jeune avec affection. Par

exemple, lorsqu'il fait son portrait à partir d'une photographie sur laquelle il a 17 ans, il dit :

> « En me voyant à cet âge, mon sentiment s'exprima presque à haute voix :
> – Pauvre petit gars, tu as souffert.
> Je parlais avec bonté d'un autre Jean que moi-même. » (p. 95)

Outre le « je » et le « il » dans lesquels Jean s'incarne, il y aussi un « tu » qu'il s'adresse à lui-même, comme pour se consoler et devenir pour lui la mère qu'il n'a pas eue. En écrivant ses péripéties, le vieux Jean semble accompagner rétrospectivement le jeune Jean, se placer à ses côtés par la magie de l'écriture : « Ma solitude en prison était totale. Elle l'est moins maintenant que j'en parle. » (p. 123)

Ce qui distingue Genet d'autres autobiographes, c'est sa propension à assumer la subjectivité de son écriture. Nombreux sont les passages métatextuels (la métatextualité est la dimension par laquelle l'auteur parle de sa manière d'écrire au sein même de son roman) dans lesquels l'écrivain français dévoile le dessein du *Journal du voleur* : ce roman n'a pas pour but de raconter la vie de Genet, mais bien de se positionner face à cette dernière. Le pacte autobiographique de Philippe Lejeune est donc déséquilibré : il n'y a pas une volonté de raconter la vérité, mais plutôt de reconsidérer sa propre vie. La dimension personnelle prend le pas sur l'aspect historique de l'écriture de soi. Le livre se lit comme un roman, il est donc totalement fictionnalisé.

En effet, Genet évoque à maintes reprises les difficultés qu'il a à se souvenir des choses. Il dote parfois sa mémoire d'une volonté propre, comme si elle avait une existence autonome : ce n'est pas lui, l'écrivain, qui oublie, mais sa mémoire. Par conséquent, au lieu de faire appel à des souvenirs précis, il convoque sa sensibilité et la persistance sensorielle de ce qu'il a vécu pour pouvoir malgré tout écrire ses souvenirs et ne pas oublier.

Par ailleurs, le manque d'indication de temps et la non-linéarité du récit sont aussi les marques d'une écriture qui suit les souvenirs au gré de leur apparition dans l'esprit de Genet. Et ils ne sont pas toujours fidèles à la réalité des faits : « En relisant ce texte, je m'aperçois avoir placé à Barcelone une scène de ma vie qui se situe à Cadix. » (note de l'auteur, p. 77) Parfois aussi, la mémoire se fait invention, comme si la sensation résistait aux faits : « J'invente les mots que je rapporte mais je n'ai pas oublié le ton de la voix qui les prononça. » (p. 294)

Ainsi, l'exercice de l'autobiographie atteint ses limites puisque ce sont non les faits, mais l'émotion qui s'y rattache, qui constitue réellement le sujet de ce livre ; et c'est là que prend toute son importance la langue poétique de Genet, seule à pouvoir supporter une telle tâche.

LA RÉHABILITATION DE L'IGNOBLE

Une poésie du moi pour magnifier le laid

L'écriture de Genet emprunte un style plus proche de la poésie que de la narration prosaïque, avec des phrases qui ressemblent à des vers, tant leur tournure est inhabituelle et leur rythme singulier. Il joue avec les mots et leur association musicale : « Le mot glaïeul prononcé plus haut appela-t-il le mot glaviaux ? » (p. 22) Cela s'accompagne d'une réflexion sur le langage qui fait parfois s'apparenter certains passages du *Journal* à l'exposé d'un art poétique : « Nous savons que notre langage est incapable de rappeler même le reflet de ces états défunts, étrangers. Il en serait de même pour tout ce journal s'il devait être la notation de qui je fus. » (p. 80)

Le *Journal du voleur* dépasse le genre de l'autobiographie pour s'inscrire dans la poésie lyrique, c'est-à-dire dans la poésie des émotions, qui trouve ici son ample exécution dans une contemplation active du « moi » de l'auteur : « J'utiliserai les mots non afin qu'ils dépeignent mieux un évènement ou son héros mais qu'ils vous instruisent sur moi-même. » (p. 17)

La beauté qu'il célèbre est à rebours de celle que l'on peut traditionnellement lire dans les poèmes lyriques, par exemple dans l'œuvre de Ronsard (poète français, 1524-1585) que Genet cite comme sa première émotion poétique. En effet, l'auteur célèbre les basfonds, les sentiments vils : « La trahison, le vol et l'homosexualité sont les sujets essentiels de ce livre. » (p. 193)

Il ne veut pas déformer ce qu'il a vu, mais voir plutôt la beauté fleurir au cœur de la laideur : il renverse alors l'ordre des choses, par la seule force des mots, jusqu'à obtenir ce qu'il appelle « le chant » : « Le but de ce récit, c'est d'embellir mes aventures révolues, c'est-à-dire obtenir d'elles la beauté, découvrir en elles ce qui aujourd'hui suscitera le chant, seule preuve de cette beauté. » (p. 230)

Cette célébration sans fard de la beauté dans la laideur, on la trouve déjà chez Baudelaire (poète français, 1821-1867), dans *Les Fleurs du mal* (1857), où le poète dépeint les basfonds de Paris, les prostituées, les estropiés. Il y a chez les deux hommes cette volonté, par l'écriture, de transfigurer le réel, de le magnifier dans sa laideur et sa pesanteur même, pour ne pas se laisser abuser par l'illusion de beauté des choses superficielles : « En refusant la beauté trompeuse de l'Andalousie, je découvrais la poésie. » (p. 84)

Mais ce qui distingue Genet du poète du XIXe siècle, c'est une forme d'engagement et de défense de cette laideur, car si Jean écrit pour magnifier les choses, c'est aussi pour rendre visibles ceux qui la portent et la vivent chaque jour.

Journal du voleur, par sa poésie, est un hommage aux parias, aux solitaires et aux homosexuels. C'est aussi un hommage du vieux Jean au jeune Jean.

La laideur comme provocation

L'une des grandes caractéristiques de l'écriture de Genet réside dans le fait que ses personnages reflètent la vision que la société a d'eux. Bernard Dort (écrivain et essayiste français, 1929-1994) le confirme en disant que « ni ses bonnes ni ses Nègres ne sont véritablement des domestiques ou des Noirs : ils sont des bonnes telles que les rêvent et les craignent leurs patronnes, des nègres tels que, Blancs et tous plus ou moins racistes, nous les imaginons » (DORT B., « Genet ou le combat avec le théâtre », in *Théâtres*, Paris, Seuil, coll. « Points », 1986, p. 127).

En effet, dans la pièce *Les Bonnes* par exemple, Solange et Claire, les deux servantes, correspondent à l'image négative que toute maitresse pourrait se faire de leurs bonnes : elles sont manipulatrices et cherchent à renverser l'autorité.

Toutefois, le *Journal du voleur* représente un cas particulier : si l'ensemble de l'œuvre de Genet met en scène différentes catégories sociales à travers des personnages qui ne se caractérisent que par leur condition (aucun détail personnel ne transparait dans une œuvre comme *Les Bonnes*), le roman dont il est question ici met en scène une personne bien réelle : l'auteur lui-même. Genet effectue ainsi le travail de catégorisation sur sa propre vie : il se présente comme les gens le voient. Pour reprendre les termes de Bernard Dort, « pour s'opposer au monde, Genet ne se revendique pas tel qu'il est ; il se transforme d'abord en celui que les autres voient en lui » (*ibid.*, p. 130).

Genet reprend les étiquettes qui lui ont été collées à la peau, dont il est victime depuis toujours (comme son homosexualité) pour les exalter.

L'éloge de la laideur qu'effectue l'auteur peut alors être perçu comme une provocation pleinement assumée. Cette provocation est extrêmement présente dans la description que Jean effectue de son grand amour, Stilitano (« À la singularité aussi de ce manchot magnifique dont la main, coupée au ras du poignet, pourrissait quelque part, sous un marronnier, me dit-il, dans une forêt d'Europe centrale », p. 33).

En effet, dans ce passage, le narrateur décrit une personne que l'on pourrait communément considérer comme repoussante (il donne de nombreux détails sur son moignon, tout en montrant que sa personnalité est loin d'être celle d'un Don Juan, étant donné qu'il méprise les homosexuels et est autoritaire).

Ce contenu est néanmoins contrasté par les termes utilisés dans la description : c'est pour ces aspects repoussants de sa personne que Jean tombe amoureux de Stilitano. Plus qu'un simple amour, Jean idolâtre le jeune homme. À partir de là, le moindre de ses défauts devient prétexte à de l'adoration de la part du narrateur.

Divers passages au sein de l'histoire en témoignent. Ce que Jean aime chez Stilitano, c'est son égoïsme (« Stilitano était une puissance. Son égoïsme précisait ses frontières naturelles », p. 57), son physique estropié (« Il tendit vers eux son moignon. Or il le fit avec tant de simplicité, de sobriété que ce cabotinage immonde au lieu de montrer à mes yeux Stilitano écœurant l'ennoblit », p. 72), etc.

À travers cet éloge de la laideur, Genet cherche donc bien à susciter le dégout de son public, à montrer fièrement ses blessures.

LA NÉCESSITÉ DE LA LIBERTÉ

Cette volonté de mettre en avant la laideur est étroitement liée à un besoin de liberté qui est omniprésent chez Genet et est en lien avec sa vie. En effet, cette nécessité est très certainement due aux épreuves qu'il a vécues, telles que l'abandon par sa mère ou le rejet de la société à cause de son homosexualité, mais c'est surtout son expérience carcérale qui a été décisive. De fait, il a été enfermé dans une prison panoptique (style de prison dans laquelle les gardiens se trouvent dans une tour centrale et surveillent les prisonniers qui ne savent pas qu'ils sont observés).

Si le regard des autres a donc été source de maux dans la jeunesse de Genet, il a un impact décisif dans son écriture : le besoin de liberté. La citation suivante prouve bien cette nécessité de se détacher de la répugnance que manifestent les autres à son égard, voire même de s'en moquer :

> « En embellissant ce que vous méprisez, voici que mon esprit, lassé de ce jeu qui consiste à nommer d'un nom prestigieux ce qui bouleversa mon cœur, refuse tout qualificatif. Les êtres et les choses, sans les confondre, il les accepte

> tous dans leur égale nudité. Puis il refuse de les
> vêtir. Ainsi ne veux-je plus écrire, je meurs à la
> Lettre. » (p. 122)

Cette nécessité s'exprime par une volonté de non-conformisme. Jean refuse d'être assimilé à un groupe, d'être défini par son homosexualité ou son activité de voleur. Cette volonté de se distinguer transparait dans ses attaques à l'encontre des homosexuels. En effet, après avoir découvert la complicité particulière qui unissait Stilitano et Robert (dont il voulait avoir les faveurs), Jean décide de se lancer en solo, attaquant des étrangers pour avoir leur argent. Cependant, il ne s'en prend pas à n'importe qui : ses victimes sont toutes homosexuelles.

Si ce choix peut sembler particulier (Jean étant lui-même homosexuel), il traduit toutefois un besoin de se démarquer de cette attribution sexuelle qui lui est assignée et qui entrave sa liberté. Bien que par la suite Jean prenne du plaisir à s'attaquer à ces personnes, il n'effectue pas cette tâche avec enthousiasme dès le départ (« Sale con, disais-je entre les dents, cependant qu'en moi-même ma conscience se désolait de blesser, d'insulter ceux qui étaient l'expression

misérable de mon plus cher trésor : la pédéras-
tie », p. 205).

Si Jean refuse de se conformer aux images auxquelles la société essaye de le rattacher, il montre aussi une admiration face à ceux qui sont en accord avec ce leitmotiv, comme le dévoile son affection pour Bernardini. Ce dernier s'apparente à l'idéal du narrateur par la contradiction présente entre son statut de policier et son caractère non conforme aux lois qu'il s'évertue à faire respecter : « Dans son âme je découvrais heureusement l'inverse des loyales, des rigoureuses qualités qu'on prête aux flics de cinéma. C'était un salaud. » (p. 219)

Cet extrait illustre tout le dédain que Genet éprouve pour le contrôle social : les « royales » et « rigoureuses qualités » des policiers sont dépréciées au profit de l'« âme de salaud » de Bernardini, qui, elle, est mise au premier plan et est célébrée.

La vie sentimentale du narrateur est, elle aussi, motivée par ce besoin de liberté. De fait, Jean tombe souvent amoureux, mais toujours de personnes qui lui sont inaccessibles, comme

Stilitano (qui a un mépris pour les homosexuels) et Armand (qui le maltraite en en faisant un amant, pour ensuite lui accorder son respect et son amitié, ce qui frustre Jean). Il les aime parce qu'il ne peut les atteindre : ils resteront toujours des idylles.

Quand, au contraire, un homme montre un intérêt sincère et une volonté de stabilité dans son histoire avec Jean, ce dernier se sent privé de sa liberté et tente alors de fuir la relation. C'est le cas de sa liaison avec Lucien. Le jeune musicien, en amoureux transi, désire se lancer dans une relation sérieuse, mais qui semble trop « conforme » aux attentes sociales selon le narrateur. Ce dernier remet en question cet amour qui l'emprisonne dans une conformité non voulue (« L'abandonnerai-je ? Lucien m'empêcherait de vivre », p. 179).

Dans le *Journal du voleur*, Jean Genet cherche donc à s'exprimer à propos de trois étiquettes qui lui sont attribuées et dont il ne peut se détacher : l'homosexualité, le vol et la trahison. Victime de préjugés dès sa plus tendre enfance qui le poussent à considérer la liberté comme une denrée rare, l'auteur décide de rendre hommage

à ce jeune Jean Genet que l'on méprisait, un hommage singulier… à l'image de l'homme qui en est
le sujet. En effet, ce témoignage s'effectue par la
sublimation de l'ignoble. La démarche d'écriture
à postériori permet à l'homme de ne plus souffrir
de la critique, mais plutôt d'en faire une force qui
déjoue toutes les images négatives qui lui collent
à la peau.

PISTES DE RÉFLEXION

QUELQUES QUESTIONS POUR APPROFONDIR SA RÉFLEXION...

- Étudiez le jeu des pronoms dans l'ouvrage : comment Jean se place-t-il systématiquement hors de la société ?
- Jean Genet écrit : « J'étais moins seul de découvrir dans la nature une de mes qualités essentielles : l'orgueil. » (p. 85) Montrez que la nature, comme l'acte d'écrire, apporte un soulagement à la solitude de l'auteur.
- Comparez les deux portraits que Jean Genet fait de lui-même (p. 95-97) et montrez comment le lecteur assiste à la construction d'une personnalité.
- Jean avoue avoir vu en Armand une forme d'autorité morale : le mot « morale » vous parait-il employé dans le sens traditionnel du terme ? Que nous apprend-il sur la manière de penser de l'auteur ?
- « Créer n'est pas un jeu quelque peu frivole. Le créateur s'est engagé dans une aventure ef-

frayante qui est d'assumer soi-même jusqu'au bout les périls risqués par ses créatures. » (p. 235) *Journal du voleur* vous parait-il correspondre à cette définition de la création ?

- Comparez le poème « Une charogne » (dans *Les Fleurs du mal*) de Baudelaire et la manière dont Genet fait le portrait de certains de ses amants. Montrez comment les deux poètes célèbrent à leur manière une certaine forme de beauté.

- Sartre (philosophe et écrivain français, 1905-1980) a écrit : « Genet se voit partout ; les surfaces les plus mates lui renvoient son image ; même chez les autres, il s'aperçoit et met au jour du même coup leur plus profond secret. » (quatrième de couverture) Commentez.

- En comparant cette œuvre à la pièce de théâtre *Le Balcon* (1956) de Jean Genet, en quoi peut-on dire que le travestissement des personnages (fiction) est un moyen de se distancier du réel pour mieux l'appréhender ?

- En sachant que la pièce de théâtre *Les Bonnes* s'inspire d'un fait-divers datant de 1933 (à savoir deux servantes qui ont tué leur maitresse) et que le *Journal du voleur* s'inspire de la vie de Jean Genet, que peut-on conclure du rapport de l'auteur au réel dans ses œuvres ? Est-ce un rapport de pure et simple transcription du réel ? Commentez.

- Dans une interview datant de 1982, Jean Genet, à qui Bertrand Poirot-Delpech (écrivain français, 1929-2006) demandait pourquoi il utilisait un si beau langage pour décrire les bas quartiers, répondait : « Ce que j'avais à dire à l'ennemi, il fallait le dire dans sa langue, pas dans la langue étrangère qu'aurait été l'argot. » (« Jean Genet Testament Audiovisuel », in *filmsdocumentaires.com*) Commentez cette phrase en appuyant votre argumentaire sur votre lecture du *Journal du voleur*.

Votre avis nous intéresse !
Laissez un commentaire sur le site de votre librairie en ligne
et partagez vos coups de cœur sur les réseaux sociaux !

POUR ALLER PLUS LOIN

ÉDITION DE RÉFÉRENCE

- GENET J., *Journal du voleur*, Paris, Gallimard, coll. « Folio », 1949, 320 p.

ÉTUDES DE RÉFÉRENCE

- DORT B., « Genet ou le combat avec le théâtre », in *Théâtres*, Paris, Seuil, coll. Points, 1986.

- « Jean Genet Testament Audiovisuel », in *filmsdocumentaires.com*, le 25 janvier 1982, consulté le 15 novembre 2017. https://www.filmsdocumentaires.com/films/5239-entretien-avec-bertrand-poirot-delpech

- LEJEUNE P., *Le pacte autobiographique*, « Points Essais », Seuil, 1996.

SUR LEPETITLITTÉRAIRE.FR

- Fiche de lecture sur *Les Bonnes* de Jean Genet.

Retrouvez notre offre complète sur lePetitLittéraire.fr

- des fiches de lectures
- des commentaires littéraires
- des questionnaires de lecture
- des résumés

ANOUILH
- Antigone

AUSTEN
- Orgueil et Préjugés

BALZAC
- Eugénie Grandet
- Le Père Goriot
- Illusions perdues

BARJAVEL
- La Nuit des temps

BEAUMARCHAIS
- Le Mariage de Figaro

BECKETT
- En attendant Godot

BRETON
- Nadja

CAMUS
- La Peste
- Les Justes
- L'Étranger

CARRÈRE
- Limonov

CÉLINE
- Voyage au bout de la nuit

CERVANTÈS
- Don Quichotte de la Manche

CHATEAUBRIAND
- Mémoires d'outre-tombe

CHODERLOS DE LACLOS
- Les Liaisons dangereuses

CHRÉTIEN DE TROYES
- Yvain ou le Chevalier au lion

CHRISTIE
- Dix Petits Nègres

CLAUDEL
- La Petite Fille de Monsieur Linh
- Le Rapport de Brodeck

COELHO
- L'Alchimiste

CONAN DOYLE
- Le Chien des Baskerville

DAI SIJIE
- Balzac et la Petite Tailleuse chinoise

DE GAULLE
- Mémoires de guerre III. Le Salut. 1944-1946

DE VIGAN
- No et moi

DICKER
- La Vérité sur l'affaire Harry Quebert

DIDEROT
- Supplément au Voyage de Bougainville

DUMAS
- Les Trois Mousquetaires

ÉNARD
- Parlez-leur de batailles, de rois et d'éléphants

FERRARI
- Le Sermon sur la chute de Rome

FLAUBERT
- Madame Bovary

FRANK
- Journal d'Anne Frank

FRED VARGAS
- Pars vite et reviens tard

GARY
- La Vie devant soi

GAUDÉ
- La Mort du roi Tsongor
- Le Soleil des Scorta

GAUTIER
- La Morte amoureuse
- Le Capitaine Fracasse

GAVALDA
- 35 kilos d'espoir

GIDE
- Les Faux-Monnayeurs

GIONO
- Le Grand Troupeau
- Le Hussard sur le toit

GIRAUDOUX
- La guerre de Troie n'aura pas lieu

GOLDING
- Sa Majesté des Mouches

GRIMBERT
- Un secret

HEMINGWAY
- Le Vieil Homme et la Mer

HESSEL
- Indignez-vous !

HOMÈRE
- L'Odyssée

HUGO
- Le Dernier Jour d'un condamné
- Les Misérables
- Notre-Dame de Paris

HUXLEY
- Le Meilleur des mondes

IONESCO
- Rhinocéros
- La Cantatrice chauve

JARY
- Ubu roi

JENNI
- L'Art français de la guerre

JOFFO
- Un sac de billes

KAFKA
- La Métamorphose

KEROUAC
- Sur la route

KESSEL
- Le Lion

LARSSON
- Millenium I. Les hommes qui n'aimaient pas les femmes

LE CLÉZIO
- Mondo

LEVI
- Si c'est un homme

LEVY
- Et si c'était vrai…

MAALOUF
- Léon l'Africain

MALRAUX
• La Condition
  humaine

MARIVAUX
• La Double
  Inconstance
• Le Jeu de l'amour
  et du hasard

MARTINEZ
• Du domaine
  des murmures

MAUPASSANT
• Boule de suif
• Le Horla
• Une vie

MAURIAC
• Le Nœud
  de vipères

MAURIAC
• Le Sagouin

MÉRIMÉE
• Tamango
• Colomba

MERLE
• La mort est
  mon métier

MOLIÈRE
• Le Misanthrope
• L'Avare
• Le Bourgeois
  gentilhomme

MONTAIGNE
• Essais

MORPURGO
• Le Roi Arthur

MUSSET
• Lorenzaccio

MUSSO
• Que serais-je
  sans toi ?

NOTHOMB
• Stupeur et
  Tremblements

ORWELL
• La Ferme
  des animaux
• 1984

PAGNOL
• La Gloire de
  mon père

PANCOL
• Les Yeux jaunes
  des crocodiles

PASCAL
• Pensées

PENNAC
• Au bonheur
  des ogres

POE
• La Chute de la
  maison Usher

PROUST
• Du côté de
  chez Swann

QUENEAU
• Zazie dans
  le métro

QUIGNARD
• Tous les matins
  du monde

RABELAIS
• Gargantua

RACINE
• Andromaque
• Britannicus
• Phèdre

ROUSSEAU
• Confessions

ROSTAND
• Cyrano de
  Bergerac

ROWLING
• Harry Potter à
  l'école des sor-
  ciers

SAINT-EXUPÉRY
• Le Petit Prince
• Vol de nuit

SARTRE
• Huis clos
• La Nausée
• Les Mouches

SCHLINK
• Le Liseur

SCHMITT
- La Part de l'autre
- Oscar et la Dame rose

SEPULVEDA
- Le Vieux qui lisait des romans d'amour

SHAKESPEARE
- Roméo et Juliette

SIMENON
- Le Chien jaune

STEEMAN
- L'Assassin habite au 21

STEINBECK
- Des souris et des hommes

STENDHAL
- Le Rouge et le Noir

STEVENSON
- L'Île au trésor

SÜSKIND
- Le Parfum

TOLSTOÏ
- Anna Karénine

TOURNIER
- Vendredi ou la Vie sauvage

TOUSSAINT
- Fuir

UHLMAN
- L'Ami retrouvé

VERNE
- Le Tour du monde en 80 jours
- Vingt mille lieues sous les mers
- Voyage au centre de la terre

VIAN
- L'Écume des jours

VOLTAIRE
- Candide

WELLS
- La Guerre des mondes

YOURCENAR
- Mémoires d'Hadrien

ZOLA
- Au bonheur des dames
- L'Assommoir
- Germinal

ZWEIG
- Le Joueur d'échecs

ISBN version numérique : 978-2-8062-2570-2
ISBN version papier : 978-2-8062-2572-6
Dépôt légal : D/2017/12603/917

Avec la collaboration de Alice Somssich pour les
chapitres « Le genre autobiographique », « La
laideur comme provocation » et « La nécessité de la
liberté ».

Conception numérique : Primento,
le partenaire numérique des éditeurs.

Ce titre a été réalisé avec le soutien de la Fédération
Wallonie-Bruxelles, Service général des Lettres et du
Livre.